뱀파이어

유격수

뱀파이어 유격수

스콧 니컬슨 소설

송경아 옮김 | 노보듀스 그림

창비

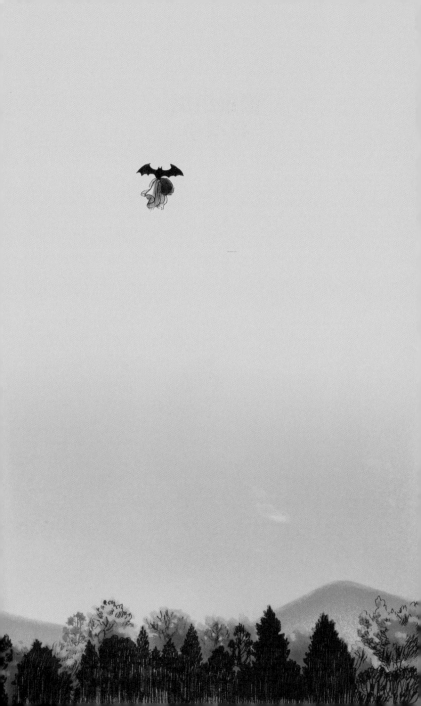

차례

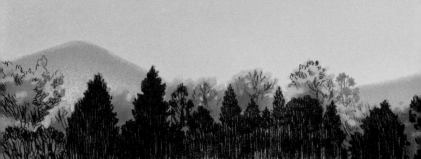

제리 셰퍼드는 첫 연습에 혼자 모습을 드러냈다.

내가 '드러냈다'라고 말한 건, 그 아이가 소여 야구장 둘레의 숲에서 갑자기 툭 튀어나온 것 같았기 때문이다. 대부분의 아이들은 부모 손에 질질 이끌려 첫 연습에 나온다. 그 부모들은 자기 아이가 한 회 넘게 벤치에만 앉아 있으면 감독의 다리라도 부러뜨릴 양으로 마피아 폭력배처럼 나를 노려본다. 그래서 제리가 아무 위협을 불러일으키지 않고 그런 식으로 나타나는 걸 보자 어느 정도 안심이 되었다.

하지만 다른 한편으로는 제리 때문에 신경이 곤두섰다. 해마다 리틀 리그 감독들은 최근에 이사를 왔거나 전 팀에서 계약이 해지된 (그래, 우리는 진지하다고) 선수 두어 명을 받는다. 그런데 늘 변치

않는 사실이 있다면 이런 '우쭐대는 신참'치고 타격이 괜찮은 경우는 없다는 것이다. 그런데 저기 펜스에 서 있는 유령 같은 녀석은 정말로 겁을 먹었는지 자기 글러브나 잘근거리며 씹고 있었다. 나는 적어도 저 녀석만큼은 경기 때 낄낄대지 않겠구나, 하고 생각했다.

나는 단번에 그 아이가 뱀파이어라고 추측했다. 아이의 피부는 아주 창백해서, 마치 외야 잔디에 한 번도 굴러 보지 않은 새 공 같았다. 하지만 뭐, 지금은 계몽된 시대이고 모든 사람이 다른 사람들을 '쿨하게' 대한다. 특히 29년에 트란실바니아• 출신의 웨인 카즐로스키가 메이저 리그의 뱀파이어 금기를 깨뜨린 뒤부터는. 게다가 뱀파이어가 햇빛을 보면 녹는다는 오래된 미신은, 그야말로 오래된 미신에 불과했다.

• 루마니아 서북부 지방으로 뱀파이어 전설로 유명한 곳.

리틀 리그의 운영자들은 나한테 별 볼 일 없는 선수들을 떠넘겨도 내가 군말하지 않을 거라고 생각했다. 우리 팀에는 열한 명의 선수가 있고, 그중 고작 다섯 명만이 작년부터 야구를 해 온 아이들이다. 그러니 어차피 나는 무(無)에서 시작해야 했다. 새로 온 아이가 왼발이 두 개 달린 뱀파이어라고 해도 신경 쓸 일이 아니었다. 열여섯 번의 시즌을 보냈지만 '메이너드 솔러 레드 삭스' 팀은 성과를 낼 조짐이 없었다.

선수들이 모두 내가 록밴드 콘서트 표라도 나누어 주듯 내 주변에 옹기종기 모여들었지만, 제리는 천천히 녹는 냉매처럼 1루 근처에서 어정거리고 있었다.

"나는 이 팀의 감독 러틀마이어다."

나는 제리의 뾰족한 귀에 충분히 가닿도록 크게

말했다.

"너희 중 몇 명은 서로 알 거고, 몇 명은 서로 모를 거다. 하지만 내 팀에서는 누가 누구를 아는지가 중요하지 않다. 얼마나 열심히 뛰는지가 중요하다."

시즌 전 첫 연습에서 여기까지 말하고 나면 언제나 손가락으로 코를 후비는 애가 보인다. 이번에는 빨간 머리에 귀엽게 생긴 여자애였다. 여자애는

나와 눈이 마주치자 야구장 오른쪽으로 도망가 버렸다.

"자, 우리는 모든 경기에 나가게 될 거다. 단지 이기기 위해서가 아니라 즐기기 위해서 뛸 거야."

아이들은 그따위 헛소리는 집어 치워요, 하는 태도로 나를 바라보았다. 사실 나도 이 말을 별로 믿지 않는다. 하지만 부모들에게 잘 들리도록 언제나 이 부분을 특별히 크게 말한다. 이 말은 내가 시즌을 망쳤을 때 도망갈 구실이 되어 주니까.

"첫 경기까지 이 주밖에 안 남았으니 열심히 훈련하도록."

나는 아이들에게 진지한 인상을 심어 주려고 모자챙을 눈 위로 깊숙이 눌러썼다.

"이제 누가 누구인지 보자."

나는 알파벳순으로 된 선수 명부를 짚으며 한

명씩 이름을 불렀다. 누가 "네." 하고 대답하면 나는 먼저 그 아이를 쳐다보았고, 그다음에는 어느 부모가 웃으며 목을 빼고 있는지 보려고 관중석을 건너다보았다. 이러면 어느 부모가 자기 아이에게 투수를 시키고 싶어 하는지 금방 알 수 있다. 보통은 벌건 얼굴에 체격이 좋으며 꽉 끼는 폴리에스테르 반바지를 입고 선글라스를 낀 아버지가 그랬다. 또 어느 집에서 언제 어떤 간식을 챙겨 올지를 짜느라 정신이 없는 어머니가 그랬다.

내가 제리의 이름을 불렀을 때, 그 애는 작게 새된 소리를 내며 얼굴을 찡그렸고, 그 바람에 송곳니 끝이 드러났다. 나는 제리에게 팀원들이 있는 곳으로 오라고 손짓을 했다. 제리는 겨드랑이에 글러브를 끼우고 대열 끝으로 달려왔다. 나는 그 애가 베이스라인 앞에서 발을 헛디뎌 넘어지지나 않을까 하고 곁눈질로 지켜보았다. 하지만 제리는 한 번도 비틀거리지 않았고, 그때 내 머릿속에 처음으로 희망이 반짝였다. 이 애는 한두 베이스 정도를 도루할 수 있을지 모른다. 제리는 비쩍 말랐다. 그러니 잘하지 못하면 '허깨비' 소리나 들을 것이고, 잘하면 '스타'가 될 것이었다. 우리는 스스로 주장하듯 많이 계몽된 사람들은 아닐지 모르지만 어쨌든 뭐, 진보하고 있으니까.

나는 아이들을 내야의 땅 위에 풀어놓고 땅볼 수비를 시키는 것으로 첫 연습을 시작하고는 한다. 이 연습을 통해 감독은 선수에 대해 알아야 할 모든 것을 알 수 있다. 이는 단순히 공을 잡고 1루에 던지는 모습만 관찰한다는 뜻이 아니다. 발놀림, 눈으로 본 것에 손으로 정확히 반응하는 능력, 투지, 공격성, 판단력 등을 알게 되고, 이런 세밀한 부분들이 시즌이 끝날 때 최하위 팀과 소여 컵을 가져가는 우승 팀을 가르게 마련이다. 한편 아이들이 자기 차례에 어떻게 행동하는지만 보는 것도 아니다. 수비수들끼리 서로 얼마나 도우며 수비하는지, 자기 차례가 올 때까지 그냥 앉아만 있는지 아니면 다른 아이들과 어깨를 부딪치며 서로 격려하는지, 그것도 아니면 그냥 네잎클로버나 따러 다니는지 등 여러 단서를 많이 알게 된다.

땅볼 열 개가 처리되지 못한 채 야구장 가운데 무성한 잔디 위를 구르고 나자 첫 연습 한 바퀴가 끝났다. 오직 한 명, 한 명만이 이 실수를 모두 보상해 주었다. 제리 셰퍼드의 땅볼 처리. 제리는 땅에서 걷어 내듯 공을 집어 1루로 휙 보내 버렸다. 마치 야구공이 요요고, 자기가 요요 줄을 잡고 있다는 듯이. 보조 코치이자 사랑하는 아내 데이나는 자기 미트 속으로 공이 퍽 하고 들어오자 나를 향해 활짝 웃어 보였다. 나는 아내에게 윙크를 하면서, 이 플레이가 뜻밖의 행운이 아니었기를 바랐다.

그리고 정말 행운이 아니었다. 여섯 바퀴를 도는 동안 제리 셰퍼드는 여섯 번 모두 완벽하게 공을 잡아 1루로 송구했다. 다른 애들 중 일부는 절반의 가능성을 보였고, 어떤 아이 하나는 가엾게도 반대편 손에 글러브를 낀 것처럼 굴었다. 아시다시

피 부모가 컴퓨터 체스나 시키고 밀가루만 먹여 기른 것 같은 아이들이다. 아이고, 내가 또 고상하지 못한 소리를 했네.

또 한 명의 빛나는 아이는 엘리스 스튜어트로, 작년에도 뛴 우리 팀 최고의 선수였다. 그 애는 처음 한 번만 실수를 했고, 그건 겨울 내내 오래 쉬어서 그렇다고 이해해 줄 수 있었다. 그 애는 실력이 좋을 뿐 아니라, 아들이 있다면 고등학교에서 이런 애와 데이트를 했으면 하고 바라게 되는 소녀였다. 행복한 기운을 내뿜었고, 첫눈에 보기에도 수학을 잘하겠구나 싶은 그런 아이.

나는 이번 팀에 대체로 만족했다. 리틀 리그 감독을 십오 년이나 했는데, 이 정도면 아마 잠재력 있는 선수를 최고로 많이 얻은 해일 터였다. 이제 나는 아이들이 나를 어깨에 태워 더그아웃• 밖으

● 야구장의 선수 대기석. 경기 중에 감독도 이곳에 머문다.

로 끌고 나갈 것이라는 (내가 아이들의 어깨뼈를 짓누르며 우승컵을 머리 위로 치켜들 것이라는) 환상을 품지는 않았다. 그래도 조금 공을 들이면, 우리는 우승을 노려 볼 가능성이 있었다.

나는 비프라는 소년에게 포수복을 입히고 플레이트 뒤에 앉혔다. 야구 영화에서는 언제나 땅딸막한 아이가 포수를 하지만, 진짜 리틀 리그 경기를 한 회만이라도 본 적이 있다면 포수가 민첩해야 한다는 사실을 알 것이다. 포수는 매 회 포수 자리에 앉아야 하고, 마스크를 휙 벗어 낸 다음 야구공을 찾아 머리를 홱홱 움직여야 한다. 게다가 비프라는 이름은 포수로 딱 좋다. 더 이상 뭘 바랄까?

나는 타격 연습을 위해 공을 던졌고, 다시 모든 아이마다 순서가 돌아갔다. 아이들은 다이아몬드 너머 외야에 넓게 서서 자기 차례를 기다렸다. 나는 수비만큼 타격에 신경 쓰지는 않았다. 타격은 대체로 연습과 집중력의 문제라는 것을 알기 때문이다. 그건 가르치고 배울 수 있는 기술이다. 그래서 나는 우리 팀의 타격이 좋아지려면 시간이 좀 걸릴 거라고 예상했고, 현실은 예상대로였다.

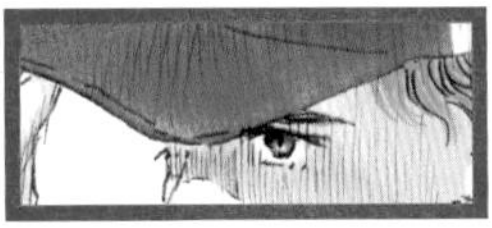

단 제리가 타석에 들어섰을 때만 빼고. 제리는 헬멧 아래에서 빨갛게 빛나는 눈동자로 나를 뚫어지게 바라보았고, 감히 나를 긴장하게 만들었다. 나는 혼자 빙그레 웃었다. 이 애가 타석에 서서 오기를 부리는 게 좋았다. 하지만 나는 꽤 전망 있는 야구 장학생이었고, 예전의 자신감이 아직 조금 남아 있었다. 그래서 대충 물렁한 공을 던지는 대신 다리를 높이 들어 '러틀마이어 강속구'를 던졌다.

두 가지 점만 아니었으면 제리가 친 일직선 타구가 내 머리카락을 갈랐을 것이다. 첫째, 나는 야구 모자를 쓰고 있었다. 둘째, 내 머리카락은 귀를 거의 덮지 않았다. 어쨌든 나는 그 기막힌 타구의 열기를 고스란히 느꼈다. 타구는 총에서 발사된 총알같이 슝 소리를 냈다. 나는 송진 주머니를 집어 들어 공중으로 몇 번 던졌다. 몇몇 부모들이 하던 이야기를 멈추고 이 대결을 지켜보았다.

제리는 다음 공을 기다렸고, 비프는 내가 몸 쪽 공을 던지도록 포수 미트를 움직였다. 나는 투심 커브볼을 던지면서, 불쌍한 타자가 낮은 공에 덤비다가 등뼈가 부러지지 않기를 바랐다. 하지만 제리

는 엉덩이를 빼지 않고 손목만 비틀어 그 공을 오른쪽으로 날려 보냈다. 제대로 된 경기였다면 타자가 2루까지 충분히 들어갈 만한 타구였다. 리틀 리그에서 이 정도 공을 칠 수 있는 선수는 한 번도 본 적이 없었다. 그다음 내가 던진 건 너클볼이었고, 성인이 테니스 라켓을 들고 있다 해도 그런 공을 치기는 어려웠을 것이다. 하지만 제리는 좌측 담장을 깔끔히 넘겨 버렸다.

좋아, 좋아.

그러고 나서 제리는 투구 하나를 놓치고 파울 두 번을 쳤다. 뱀파이어한테도 인간적인 구석이 있는 것뿐이라고 생각한다.

연습이 끝난 뒤 나는 아이들에게 유니폼과 시간표를 나누어 주고 부모들과 이야기를 했다. 제리에게 아주 잘했다고, 네가 우리 팀의 리더가 될 거라

믿는다고 말하고 싶었다. 하지만 그럴 새도 없이 제리는 재빨리 자기 물건을 챙겨 떠났다. 제리는 숲 가장자리로 가더니 박쥐로 변해서 (날아다니는 박쥐 말이다) 한쪽 발톱에 빨간색 유니폼을 건 채 나무 사이를 후다닥 날았다. 그 애는 글러브를 드느라 몸이 좀 무겁고 눈도 보이지 않아서인지 나뭇가지에 두어 번 부딪힌 뒤에야 멀리로 사라졌다.

이 주 동안 이런 식으로 아이들을 훈련했다. 제리는 타고난 유격수였고, 그건 다른 아이들도 다 알고 있었다. 보통은 어떤 아이든지 자기가 투수도 하고 유격수도 하겠다고 한다. (둘 다를 동시에 하겠다니, 원.) 하지만 제리가 선발 유격수를 맡을 거라고 발표하자 아무도 투덜거리지 않았다. 엘리스는 선발 투수였고, 밀기울 색깔의 노란 머리와 붉은 머리는 지명 타자였다. '피드몬트 일렉트릭 하

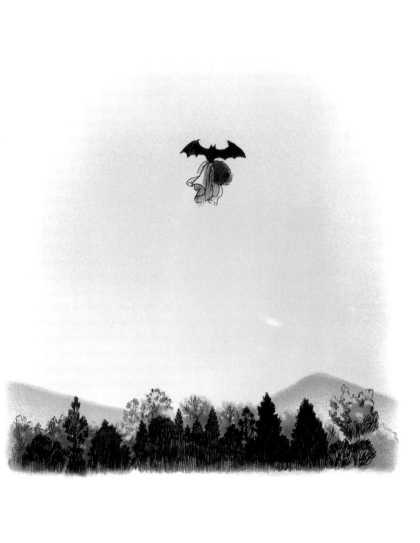

프와츠' 팀과의 첫 시합을 앞두고 나는 아이들에게 푹 자 두라고 말했다. 그 팀은 늘 우수했다.

그날 밤 어찌나 흥분되는지 잠을 이룰 수가 없었다. 데이나는 새벽 한 시쯤 잠들려는 노력을 포기하고 베개에 등을 기대앉았다.

"왜 그러는 거야?"

데이나가 짜증을 내며 물었다.

"경기 때문에 그래."

내가 말했다. 나는 마음속으로 선수들의 타순을 하나하나 짚어 보면서, 6회에 일어날지도 모를 상황에 대응할 전략을 짜고 있었다.

"좀 자. 내일 마감도 있잖아."

"응, 응."

나는 '소여시 웹 주간지'의 편집자였고, 매주 목요일 정오에 기사를 냈다. 아직 기사 몇 편이 더 남아 있었다.

"그 일은 내 직업이지만, 야구는 내 생명의 피라고."

생명의 피라는 말을 하자 제리가 생각났다. 그 애는 가엾게도 부모를 잃은 것 같았다. 몇 세기 전에는 뱀파이어를 없앤다며 심장에 나무 말뚝을 박고 마늘을 물리는 풍습이 아주 흔했다. 아, 물론 전에도 말한 것처럼 우리는 진보하고 있다. 하지만 가끔 인간이라는 동물이 정말 변할 수 있을까 의심이 든다. 나는 제리가 뱀파이어라는 이유로 무슨 일이 생기지 않기만을 바랐다.

리틀 리그는 정말 잔인해질 수 있다. 아이들 때문이 아니다. 아이들은 그저 야구를 하고 또 하면서 서로 어울려 규칙을 만들고 문제를 풀어 나간다. 흉한 꼴을 보이는 쪽은 오히려 부모였다. 그들은 성질을 부리고 욕을 하고 감독을 위협했다. 자기 아이한테 야유하는 것도 들어 본 적이 있다.

그러니 어떤 면으로는 제리가 고아여서 다행이었다. 최소한 내가 경기 운영을 잘못했다고 제리의 부모가 늑대로 변해 철조망을 뛰어넘지는 않을 테니까. 내 목줄을 찢어발길 걱정은 할 필요가 없으니까. 뱀파이어는 그런 폭력을 저지르지 않는다. 하지만 미신에는 진실의 핵심이 담겨 있고, 어떤 미신은 다 큰 어른도 덜덜 떨게 만든다.

나는 마침내 잠들었다가 일어나서 온라인 신문을 보았다. 차를 몰고 야구장에 갔더니 이미 주차장에 차가 사십여 대나 서 있었다. 이곳 소여시에는 재미있는 행사가 별로 없다. 아까도 말했지만 리틀 리그 경기는 이 동네에서 매우 큰 행사였다. 게다가 지금은 파란 하늘에 부드러운 구름이 뭉게 뭉게 피어오르는 아름다운 4월이었다. 데이나는 이미 도착해서 아이들이 몸을 풀 수 있도록 야구공을 던져 주고 있었다. 주위를 둘러보니 제리는 아직 보이지 않았다.

"그 애는 올 거야."

내가 초조해하는 기색을 눈치채고 데이나가 말했다.

우리 팀은 내야에 들어갔다. 라인업• 카드를 적고 있는데 엘리스가 외야 중앙을 가리켰다.

"감독님, 저기 보세요."

담장 너머에서 커다란 검은 개가 천천히 달려왔다. 그 개는 빨간 양말을 신고 세로 줄무늬가 있는 흰 바지를 입고 있었다. 뻣뻣한 두 귀 사이로 모자도 비딱하게 쓰고 있었다. 위로 쳐든 꼬리는 바람을 가르며 앞뒤로 휙휙 움직였고, 꼬리 끝에는 낡

● 야구에서 출전 선수의 타격 순서와 수비 위치를 적은 명단. 감독은 경기 전에 라인업 카드를 제출해야 한다.

은 글러브가 걸려 있었다. 검은 개는 2루로 가더니 제리로 변신했다.

웅성거리는 소리가 관중석에 물결처럼 퍼졌다. 그때 나는 제리가 안됐다고 느꼈다. 세상이 계몽되었을지는 모르지만, 이성의 빛이 소여시에 미치는 속도는 다른 곳보다 더뎠다. 속이 좁은 사람들은 언제나 사방에 있었다. 홍인, 황인, 흑인, 백인, 우리는 모두 사이좋게 지내고 서로 섞여 아이들을 낳으며 인류가 되었다. 그러나 살아 있는 사람들과 살아 있는 사자(死者)의 평등권이라는 문제에 오면, 화합이라는 개념을 쉽게 받아들이지 못하는 사람도 있다.

또 한 가지, 관중이 불쾌해하고 나조차 잠시 심란해지는 장면이 있었다. 요즘 모든 아이들이 갖고 다니는 스포츠 물병이 제리의 목에도 끈으로 걸려

있었다. 아이들은 대부분 그 안에 주스나 수퍼에이드, 자기가 좋아하는 빅 리그 선수가 광고하는 음료수를 담았다. 그러나 제리의 음료수는 진하고 피처럼 붉었다. 완전히 핏빛이었다.

“늦어서 죄송합니다.”

제리는 벤치 끝에 앉았다. 그 애가 스포츠 물병에 든 음료수를 입 안에 쏟아부을 때는 나도 움찔했다.

“경기 시작.”

심판이 외쳤다. 엘리스는 타석에 들어서서 오른쪽 방면으로 깔끔한 안타를 쳐 냈고, 다음 타자가 보내기 번트를 대어 2루로 진루했다. 그다음은 제리 차례였다. 투수의 첫 공이 홈 플레이트 앞에서 땅에 맞고 튀었다. 그사이 엘리스는 3루로 도루했다. 3루 코치 데이나는 엘리스에게 홈까지 달리지 말라고 '멈춤' 사인을 보냈다. 엘리스가 홈으로 들어올 수 있도록 제리가 기회를 만들면 좋겠다는 생각이 들었다.

투수의 다음 공은 약간 높았다. 그러나 제리는 아무렇지도 않게 배트를 쓱 내밀었다. 티타늄 배트에 공이 정확히 맞아 정중앙을 가르면서 우리는 점수를 냈다. 1 대 0이었다. 엘리스가 상대에게 안타를 단 세 개만 허용하고, 제리가 다른 안타성 타구를 다 잡아 내면서 그 점수로 경기가 끝났다. 제리는 한 번은 볼넷으로 걸어 나가고 2루타도 쳤지만, 노란 머리는 5회에 삼진을 당하며 잔루를 남겼다.

하지만 나는 우리 팀이 보인 노력이 기뻤고, 어떻게 이겨도 승리는 승리였다. 경기가 끝난 뒤 아이들은 간식이 든 아이스박스 주위에 모였다. 모두 즐거워하며 시끄럽게 떠들었고, 당장 축구를 하거나 다른 난리라도 칠 것 같았다. 그러나 제리는 달랐다. 그 애는 내가 등을 두들겨 줄 틈도 없이 사라져 버렸다.

“이건 불공평해. 자네 팀엔 눈 째진 뱀파이어가 있잖아.”

뒤에서 걸걸한 목소리가 들렸다.

“이러다가 다음번에는 안드로이드나 다른 쓰레기들도 끼워 달라고 하겠는걸. 야구는 보통 사람이 하는 거라고.”

뒤를 돌아 로스코 턴불과 정면으로 마주했다. 그는 소여시 야구계의 간판 같은 존재였다. 그가 감독하는 팀은 지난 칠 년 동안 내리 우승했다. 그

는 스탠드에서 계속 경기를 지켜보고 있었다. 늘 하던 대로 상대 팀을 염탐한 것이다.

"이봐, 그 애도 다른 사람과 마찬가지로 경기에서 뛸 자격이 있어. 자네가 글을 제대로 못 읽는 건 알지만, 언제 미합중국 헌법을 펴서 수정헌법 43조를 확인해 보라고."

내가 말했다.

레드 삭스가 턴불의 팀을 이긴 적은 한 번도 없지만, 적어도 나는 턴불보다 똑똑하다고 자부한다.

"그렇게 나불거려 봐야 소여 컵을 받는 데는 아무 도움이 안 될걸."

턴불은 요기 베라● 를 닮은 이빨 사이로 낮게 쉭쉭거렸다. 그의 말에는 뼈가 있었다. 그는 자기 팀이 탄 상과 상품을 보관하려고 집을 넓혀 지었을 정도니까.

● 뉴욕 양키스 팀의 전설적인 포수.

"두고 보자고."

나는 예전 같으면 감히 하지 못했을 말을 내뱉었다. 턴불은 툴툴대며 소형 밴에 올랐다. 그의 아들 테드가 턴불 집안 특유의 찌푸린 표정을 짓고 조수석에 앉아 있었다. 나는 그에게 손을 흔들고 우리 팀으로 돌아갔다.

우리는 그다음 다섯 경기를 계속 이겼다. 제리는 9할에 가까운 타율을 보였고, 수비에서는 딱 한 번 실책을 했다. 길 잃은 나방이 내야에 있던 제리의 머리 주위에서 팔락거리는 바람에 일어난 실수였다. 제리는 공중으로 뛰어올라 입으로 나방을 낚아챘는데, 바로 그 순간 타자가 제리 쪽으로 통통통 튀는 타구를 보냈다. 나는 아무 말도 하지 않았다. 본능은 본능이니까. 게다가 우리는 이기고 있었다. 그것이 가장 중요했다.

일곱 번째 경기는 골치가 좀 아팠다. 나는 우리 팀 최고의 선수가 뱀파이어라는 것을 깨달은 순간부터 그 경기를 걱정하고 있었다. '메이너드 솔러 레드 삭스' 대 '데드 레커닝 퓨너럴 팔러 폴 베어러스●'. 이제 버젓한 장례식장에서는 시체에서 뽑아낸 피를 팔지 않는다. 하지만 지하 조직이 있다는, 그러니까 피를 파는 암시장이 있다는 소문은 돌았다.

제리도 슬슬 관중의 열기를 눈치채고 있었다. 관중석에서 투덜거리는 소리가 점점 더 커졌고, 제리가 공을 치거나 수비를 하려고 경기장에 들어설 때마다 상대편 관중석에서 군말이 나왔다. 그래, 관중들은 상상력이라곤 없는 보통 사람들이었다. 오래된 "뱀파이어를 죽여라"라는 말에서 '뱀파이어'와 '엄파이어●'의 발음이 비슷하다며 낄낄대는 사람들. 또 다른 종류의 보통 사람들은 "뱀파이어

● Funeral Parlor Pall Bearers. '장례식장의 관 운반인'이라는 뜻의 팀명.
● Umpire. '심판'이라는 뜻.

엿 먹어라" 파였다. 그런데 이 사람들은 아이가 아니라 부모들이었다. 그런 부모들이 꼭 자기 아이가 누굴 닮아 이러냐고 궁금해한다.

가장 잔인한 말이자 빠르게 퍼진 말은 놀랍게도 로스코 턴불의 입에서 나왔다. 턴불은 습관처럼 우리 경기에 자기 아들 테드를 데려왔다. 제리가 나오면 야유하기 위해서였다. 한번은 제리가 마지막 회에 3점 홈런을 쳐서 우리 팀이 이겼다. 제리가 홈으로 들어올 때 턴불이 소리쳤다.

"자, 다들 저것 좀 봐. '비정상'이 간다."

옛날 로버트 레드퍼드 영화•에서나 나올 말이었다. 그 영화가 훌륭하다는 건 인정할 수밖에 없지만.

• 1984년 로버트 레드퍼드가 주연한 영화 「내추럴」(The Natural)을 가리킨다. 턴불은 제리에게 '비정상'(The Unnatural)이라고 말했다.

지금 우리는 '장례식장의 관 운반인'들과 경기를 하고 있었다. 생각해 보니 나는 제리가 피를 어디서 구하는지 몰랐다. 아이들이 야구장 바깥에서 어떻게 지내는지에 관해서는 별로 신경 쓰지 않으니까. 하지만 제리에게는 부모도, 보호자도 없었다. 누군가 잘 유혹하면 뇌물을 받고 경기를 포기할지도 몰랐다.

그래서 6회 투아웃 상황에서 제리가 타석에 올라가자 걱정스러워졌다. 우리는 4 대 3으로 지고 있었다. 2루에는 비프가 나가 있었다. 사실 감독의 전략이고 뭐고 다 필요 없는 상황이었다. 제리가 공을 치거나 아웃당하거나 둘 중 하나였다.

그 전에 제리는 세 번 안타를 쳤지만, 다 영양가 없는 안타였다. 제리가 우리를 지게 만들 작정인지 아닌지 알 수 없었다. 그 순간까지는.

"힘내, 제리."

나는 박수를 치며 외쳤다.

"넌 할 수 있어."

'하고 싶은 마음이 있다면.'

나는 속으로만 덧붙였다.

제리는 한복판 스트라이크 두 번을 그냥 흘려보냈다. 아예 어깨에서 배트가 나오지 않았다. 남몰래 품고 있던 '이번 시즌 불패 기록'이라는 작은 소원이 다 날아가려는 순간이었다. 나는 속으로 게임이 끝난 다음 아이들에게 해 줄 말을 연습했다. 우리는 최선을 다했고, 다음번에는 저 녀석들을 꺾어 버릴 테고, 어쩌고저쩌고…….

마운드에 선 꺽다리가 한쪽 다리를 높이 들어 올려 공을 던졌다. 그런데 제리가 그 공을 우중간 앞으로 시원하게 날려 버렸다. 데이나는 비프에게 홈으로 들어오라고 손을 흔들었고, 제리는 2루를 돌았다. 데이나가 제리에게 3루까지 달리라고 신호를 했으면 좋겠다는 마음이 있었는지도 모르겠다. 다음 타자는 노란 머리였는데, 시즌 내내 파울볼 한 번 친 적이 없었기 때문이다. 하지만 장의사 팀 유격수가 공을 전달하다가 3루수 머리 너머로 던져 버리는 바람에 그 문제는 해결되었다. 제리는

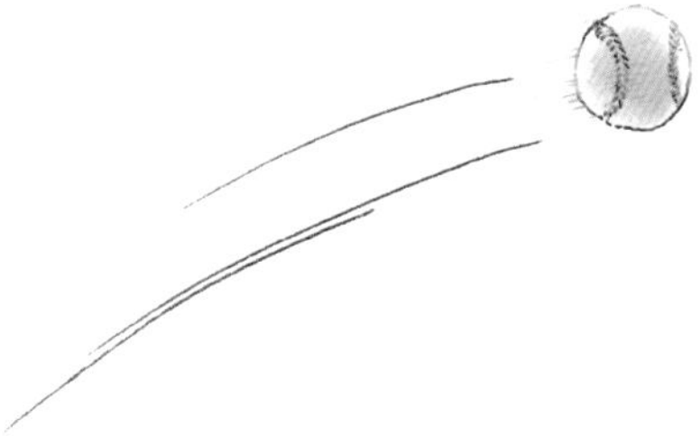

베이스 라인을 따라 달렸다. 우리가 이겼다. 5 대 4였다.

"한순간도 너희가 이기지 못할 거라고 생각한 적이 없다."

나중에 나는 우리 선수들에게 이렇게 말했지만, 이미 제리는 가 버린 다음이었다.

저녁에 나는 맛있는 요리와 채식용 햄버거를 차렸지만, 데이나는 음식에 관심이 없어 보였다. 나는 승리를 축하하기 위해 꽤 괜찮은 와인의 마개도 땄다.

"스티브 당신, 게임에서 이기는 데 너무 도취된 거 아니야?"

데이나가 전에 없이 걱정스러운 어조로 물었다.

나는 입 안 가득 음식을 물고 활짝 웃었다.

"그건 본능이야. 어쩔 수가 없다고."

"다른 시즌에는 아이들에게 최선을 다하라고만 했잖아. 그때는 시즌을 거치며 아이들이 조금만 나아져도 아주 만족해했고."

"애들 자존감 세워 주려고 애쓰던 때 말하는 거야? 데이나, 이기는 경험만큼 성격에 영향을 미치는 건 없어. 우리 팀 아이들은 지금 자존감이 폭발할 지경이라고."

"당신이 제리를 위해서 좀 더 애를 써 줬으면 좋

겠어. 그 아이는 아직 팀에 녹아들지 못하고 있어. 그 애가 당신을 어떤 눈빛으로 보는지 알아? 당신에게서 아버지의 이미지를 찾는 것 같아. 제리는 자기 자신을 싫어하는 것 같아."

"자기 자신을 싫어한다고? 자기를 싫어해?"

그 말을 듣고 입 안에 있던 와인을 테이블에 뿜을 뻔했다. 한 병에 10달러나 하는 와인인데. 나는 와인을 꿀꺽 삼키고 말했다.

"제리는 팀 전체하고도 바꿀 수 없는 아이야. 소여시에서 나온 선수 중에서 최고라고. 지금까지 최고는……."

"지금까지 최고는 로스코 턴불이었지. 하지만 그 사람이 지금 어떤지 봐."

얘기가 흘러가는 방향이 점점 마음에 들지 않았다.

"제리는 자기 플레이에 뿌듯해할 거야. 우리 팀도 제리를 좋아하고."

"그거야 팀이 이기고 있으니까. 하지만 제리가 오늘 시합에서 마지막에 삼진 아웃을 당했다면 선수들이나 학부형들이 어떤 반응을 보였을까? 지금도 그 애에게 자기 집에서 하룻밤 자고 가라고 초대하는 아이는 없단 말이야."

"제리는 성격이 좀 조용할 뿐이야. 외로운 늑대랄까. 하나도 이상할 것 없어."

나 스스로도 별로 자신 없는 말이었다.

"타율이 9할 2푼 1리나 되면 뱀파이어라 해도 하나도 이상하지 않다는 말이지?"

"데이나, 우리는 이기고 있잖아. 중요한 건 그거야."

"난 모르겠어."

데이나는 예쁜 얼굴에 슬픈 표정을 띠고 고개를 저으며 말했다.

"이제 당신 말투까지도 로스코 턴불을 닮아 가네."

그래, 나는 그 말에 기분이 상했다. 한동안 집 안의 어떤 것도 꼴 보기 싫었다. 그날 밤 데이나와 일 미터 정도 차갑게 거리를 두고 누워, 창밖의 보름달을 바라보았다. 뭔가가 달을 가로질러 퍼덕퍼덕 날아갔다. 희고 커다란 원 속에서 움직이는 작고 외로운 점 하나. 그 점은 제리가 아니었을 것이다. 그래도 나는 제리 때문에 마음이 아팠다.

연습을 할 때 제리가 타석에 서면 가끔 선수들이 수군거리는 모습이 보였다. 나는 아이들이 사악한 천성을 타고난다고는 전혀 생각하지 않는다. 그러나 아이들에게는 부모가 있고, 부모는 아이들을 가르치고 이끌어 준다. 귓가에 오래된 미신을 불어넣기도 한다.

나는 제리에게 다정하게 대하려고 애썼고, 데이나가 말한 눈빛이 보이는지 계속 살폈다. 하지만 내 머릿속까지 다 꿰뚫어 보는 것 같은 밝고 강렬한 눈 한 쌍밖에는 보이지 않았다. 솔직히 그 눈을 보면 좀 오싹했다. 그리고 데이나가 아무리 제리에게 먼저 다가가라고 채근해도 나는 언제나 한 선수만 편애할 수는 없다는 핑계를 댈 수 있었다.

나와 의견 차이가 있을지언정 데이나는 충실한 보조 코치였다. 레드 삭스가 여덟 경기를 내리 이기는 동안 팀의 부조종사 역할을 도맡아 주었다. 끊임없이 야유를 받으면서도 제리는 시합에 나온 투수들을 박살 냈고, 파리 끈끈이처럼 공을 잘 잡았다. 엘리스는 멋지게 공을 던졌고, 나머지 아이들도 경기를 하나하나 치를 때마다 발전하며 잘 따라오고 있었다. 마지막 게임을 할 때가 되자 아쉬울 지경이었다. 시즌이 끝나지 않았으면 좋겠다는 생각마저 들었다.

결승전의 상대 팀은 당연히 '턴불 컨스트럭션 클로 해머스'였다. 그 팀도 자기 부에서 다른 팀을 전부 이기고 올라왔다. 테드는 벽돌도 깰 만큼 빠르고 강한 공을 던질 수 있었다. 더욱이 로스코 턴불은 이 아이들이 유치원에 다닐 때부터 선수를 뽑으러 다녔기 때문에 재능 있는 아이들을 독점하고 있었다.

결승전 날에는 신경이 날카로워져서 아무것도 먹을 수 없었다. 경기장에 일찍 나갔더니, 아직 관리인이 외야를 정비하고 있었다. 턴불도 벌써 와 있었다. 그는 홈 팀의 더그아웃에서 나무 배트를 깎고 있었다. 이제는 메이저 리그에서도 나무 배트를 쓰지 않았다. 턴불에게 리튬 합금 배트를 살 돈이 없는 것도 아니었다. 그때 처음으로 뭔가 수상하다는 생각이 들었다.

"엄청난 게임이 될 거야."

턴불이 말을 하자 앞니 사이로 벌어진 틈이 보였다.

"나도 그렇게 생각해."

나는 걱정하는 티를 내지 않기로 했다.

"잘하는 팀이 이길 테지."

"당연한 말을! 잘하는 팀은 늘 이겨."

턴불이 배트 손잡이에 대패질을 하는 모습이 영 마음에 걸렸다.

"갑자기 옛날 생각이라도 나? 나무 배트를 도로 쓰게?"

마음이 떨렸지만 태연하게 물었다.

"우리 아버지는 나무 배트를 아주 잘 쓰셨지. 외고조할아버지도. 자네도 그분 이름은 들어 봤을걸. 타이 콥이라고."

타이러스 레이먼드 콥. 명예의 전당에 오른 선수. 별명은 '조지아 복숭아'이고, 지금까지 열린 모든 리그를 통틀어 가장 위대한 타자. 아니면 야구장에 발을 들인 모든 사람을 통틀어 가장 야비한 선수. 누구에게 묻느냐에 따라 답이 달라질 것이다.

"그럼, 들어 봤지. 대단한 가문이야."

내가 말했다.

"맞아, 우리는 언제나 이겼다고. 더럽고 냄새나는 뱀파이어가 없어도 말이지."

"제리 셰퍼드도 다른 아이들과 마찬가지로 야구

를 할 자격이 있어."

"그건 아니지."

털불이 입 안에 침을 모으고 말했다.

"그 도깨비 녀석은 동물로 변할 수도 있고 다른 선수들에게 마법을 걸 수도 있잖아. 유리한 점은 다 가지고 있다고."

"그렇게 했다간 규칙 위반이라는 거 알잖아. 제리가 그런 일을 한다면 우리 팀은 탈락해. 그러니 우리한테만 유리한 점은 없어."

"잡혀야 규칙 위반이지."

털불은 배트를 고쳐 들고 손잡이 부분을 공중에 세웠다. 기분 나쁠 정도로 끝이 날카로웠다.

"때로는 일이 유리해지도록 스스로 꾸며 내야 할 때도 있고."

"아무리 자네라도 경기에 이길 마음만 앞서서

그렇게 야비하게 굴지는 않겠지."

내가 말했다.

턴불의 입에서 얇은 침 줄기가 찍 튀어나와 내야 바닥으로 떨어졌다. 턴불은 지금까지 본 것 중 가장 추악한 미소를 지었다.

"만약을 대비해서 준비는 좀 해 놔야지."

나는 몸을 떨며 우리 더그아웃으로 걸어 돌아왔다. 턴불이 그렇게까지 잔인한 작자는 아니다. 미리 심리전을 거는 것뿐이다. 그래, 그뿐이다.

이런 심리전에 말려들 수는 없었다. 그래서 나는 십오 분 동안 내야에서 돌멩이를 솎아 내며 정신을 가다듬었다. 이내 아이들이 도착하기 시작했

고, 나는 아이들이 몸을 푸는 모습을 지켜보았다. 늘 그러듯이 제리는 늦었다. 그래도 제리의 이름을 라인업에 적을 때는 제리가 숲에서 걸어 나왔다. 나는 그 애에게 말없이 고개를 끄덕였다.

우리가 먼저 공격하는 팀이었다. 클로 해머스 팀의 선발 투수는 당연히 테드였다. 테드는 타자가 제 할머니라도 자기한테 성가시게 느껴지면 몸 쪽으로 위협구를 던질 녀석이었다. 테드는 마운드에서서 싸움꾼의 눈빛을 하더니 바람 소리가 날 정도로 세게 연습구를 던져 포수 미트에 꽂아 넣었다. 이 깡패 녀석이 공을 제대로 던질 줄 안다는 건 인정해야 했다.

이 소도시에 사는 사람들 가운데 절반 정도가 경기장에 나왔다. 이 도시에서 야구 결승전은 늘 선거보다도 더 큰 관심을 끈다. 데이나는 내 등을 두드렸다. 데이나는 힘든 상황에서 뒤끝을 부리는 사람이 아니었다.

"시작."

심판이 외치자 경기가 시작됐다.

엘리스가 자신만만하게 타석에 들어섰다.

"저런 여자애는 보내 버려, 테디."

턴불이 맞은편 더그아웃에서 손나팔을 하고 소리쳤다.

"할 수 있어, 대장."

첫 번째 공은 불과 10센티미터 차이로 엘리스의 헬멧 옆을 스쳐 갔다. 엘리스는 먼지를 털고 포수 쪽으로 바짝 붙어 섰다. 하지만 다음번에도 공을 피하느라 거의 춤추다시피 해야 했다. 볼 투. 엘리스는 약간 떨기 시작했다. 연습용 표적이 되고 싶은 사람은 아무도 없으니까. 그다음에는 엘리스가

머리를 홱 숙이는 바람에 배트에 공이 맞았다. 파울. 스트라이크 원.

엘리스는 이제 덜덜 떨고 있었다. 상대가 쓰는 전략은 정말 싫었지만, 불행히도 먹혀들고 있었다. 심판은 아무 말도 하지 않았다.

“잘한다. 이제 보내 버리라고.”

턴불이 소리쳤다.

엘리스가 아직 균형도 못 잡고 있는 사이 테드는 재빨리 나머지 스트라이크 두 개를 던져 넣었다. 그다음 타자인 비프는 2루수 앞 땅볼로 힘없이 아웃되었다. 이제 제리가 타석에 들어서 자세를 잡았다. 테드가 던진 공이 제리의 얼굴을 정통으로 맞혔다.

제리는 총을 맞은 듯이 쓰러졌다. 나는 그 애에게 달려가 무릎을 꿇었다. 이가 부러지거나 피가 나거나 그보다 더 안 좋은 꼴을 볼지도 모른다고 각오했다. 그러나 제리는 눈을 반짝 떴다. 뱀파이어에 관한 미신 중에는 그들이 고통을 느끼지 못한다는 것도 있다. 하지만 육체적인 고통이 아닌 다른 고통도 있다. 나는 제리의 붉은 눈 속에서 그런 고통을 보았다. 그 애는 관중의 환호성을 나만큼이나 또렷이 듣고 있었다.

"뱀파이어를 죽여라!"

어느 학부형이 말했다.

"말뚝을 박아 버려!"

다른 학부형이 외쳤다.

“‘비정상’이 다시 일어나잖아!”

어느 여자가 소리쳤다.

나는 홈 팀 더그아웃을 바라보았다. 턴불은 방금 알파 켄타우리로 가는 우주선 표라도 얻은 것처럼 환하게 웃고 있었다.

나는 제리를 부축해서 일으켰고, 제리는 1루로 천천히 달려갔다. 평소 창백하던 뒷덜미가 분홍빛으로 달아오른 게 보였다. 분노 때문인지 당황해서인지 알 수 없었다. 데이나에게 도루 사인을 보내라고 신호했지만, 바로 다음 공에서 붉은 머리가 포수 위 뜬공으로 아웃되고 말았다.

테드에게 3루타를 허용했지만 우리는 상대팀 중심 타선에 점수를 내주지 않았다. 크리스마스의 장난감 북처럼 가슴이 쿵쾅거렸으나 선수들에게 내가 마음을 졸이고 있다는 티를 낼 수는 없었다. 우리 팀이 세 번째 아웃을 잡고 경기장에서 돌아올 때 나는 아이들과 침착하게 하이파이브를 했다. 그래, 이건 게임일 뿐이야. 모나리자가 그림일 뿐인 것이나 마찬가지지.

그다음 두 회도 2루를 통과하는 주자 없이 그렇

게 흘러갔다. 제리는 다음 타석에서 또다시 헬멧에 공을 맞았다. 그 애가 쓰러지자 관중은 미친 듯이 환성을 질렀다. 나는 관람석에 앉아 있는 군중을 바라보았다. 상대 팀 팬만 박수를 치는 게 아니라는 점이 제일 끔찍했다.

보안관은 허공에 주먹을 흔들고 있었다. 시장은 슬쩍 주위를 둘러보고 분위기를 살피더니 소란 속에서 야유했다. 비프의 어머니는 입고 있는 탱크톱

을 찢어 버릴 기세로 열심히 소리쳤다. 앞줄에 앉은 작은 노부인은 확성기에 대고 죽여 버리겠다고 고함을 쳤다.

나는 심판에게 선수가 공에 머리를 맞았다고 항의했다. 심판은 몸집이 통통하고 얼굴살이 아래로 축 늘어진 남자였다. 공에 얼굴을 맞아 가며 경기하던 시대의 심판처럼 보호 마스크도 똑바로 쓰지 않았다.

"투수한테 우리 팀 선수를 맞히지 말라고 경고하세요."

내가 말했다.

"어차피 뱀파이어는 다치지도 않는데 뭐가 문제요?"

심판은 호통을 치면서 내 발치에 누런 침을 뱉었다. 이렇게 나오겠다 이거지.

"아니면 투수를 퇴장시켜야죠. 스포츠맨십에 어긋난 행동을 했잖습니까."

"오히려 경기를 지연시키는 당신을 내쫓아야겠소."

그는 마스크를 도로 휙 뒤집어썼다. 차라리 그 쪽이 보기에 훨씬 나았다.

나는 제리의 어깨를 꽉 잡고 처음으로 그 아이의 눈을 정면으로 들여다보았다. 그때까지는 제리가 나한테 최면이라도 걸까 봐 겁을 먹고 있었나 보다.

"제리, 너 대신 대주자를 내겠다. 이런 대접을 받고도 참는 건 불공평해."

사실상 패전을 보증하는 말이었다. 그러나 그때는 그런 생각이 들지 않았다. 본능적인 결정이었고, 본능은 언제나 합리적인 정신보다 더 진실하고 직접적이다. 나중에 내게 위안이 된 생각은 이것뿐이었다.

나는 데이나에게 교체 선수를 내라고 신호했다. 그러나 제리의 눈은 뜨거운 잉걸불처럼 타올랐다. 그 애의 얼굴이 일그러지며 여러 가지 동물의 얼굴로 변했다. 늑대, 박쥐, 호랑이, 울버린. 그러고 나서 보통 때의 파리한 얼굴로 되돌아왔다.

"아뇨, 전 계속 뛸래요."

제리가 말했다.

말릴 틈도 없이 그 애는 1루로 천천히 뛰어갔다.

"경기 재개."

심판이 외쳤다.

나는 더그아웃으로 돌아왔다. 데이나가 나를 안아 주었다. 데이나의 눈에 눈물이 고여 있었다. 아무도 보지 못하게 숨겼지만, 내 눈에도 눈물이 고였다.

제리는 2루와 3루로 차례차례 도루했다. 노란 머리가 타석에서 휭휭 헛스윙을 했다. 그 애는 아예 눈을 감고 있었다. 투 아웃 상황, 투 스트라이크. 공수 교대를 예상하고 선수들을 경기장에 내보낼 준비를 하는데, 노란 머리가 오른쪽 라인 근처에 떨어지는 안타를 쳐 냈다. 제리는 간신히 점수를 올렸다.

엘리스는 6회 말까지 클로 해머스에게 점수를 내주지 않았다. 하지만 점점 지치고 있었다. 속이 쓰려 오는 상황이었다. 승리에 연연해하지 않는 척하는 일도 집어치웠다. 겨드랑이에 땀이 차고 모자 밴드가 흠뻑 젖었다. 계속 박수를 치고 있었지만, 목이 꽉 잠겨서 격려의 말도 나오지 않았다.

상대 팀 첫 타자는 삼진아웃되었다. 두 번째 타자는 제리 쪽으로 강한 땅볼을 쳤다. 관중석에서 누군가가 "날 물어 봐, 이 피 비린내 나는 놈아!" 하고 외칠 때 나는 마음속으로 투아웃이라고 세었다.

하지만 공은 제리의 글러브 앞에서 튀어 올라 외야로 들어갔다. 타자가 2루까지 달려 들어갔다. 제리는 땅만 뚫어지게 바라보았다.

"괜찮아, 제리."

하지만 내 목소리는 관중의 함성 속에 묻혀 버렸다. 관중은 나의 유격수에게 온갖 욕을 다 퍼붓고 있었다. 그다음 타자는 1루수 앞 땅볼로 아웃되었고, 그사이 주자는 3루로 나아갔다.

투 아웃. 언제나 일은 이런 상황에서 벌어진다는 것을 다들 알 것이다. 덩치 큰 테드 턴불이 타석에 들어서더니, 날카롭게 갈아 놓은 나무 배트를 움켜쥐었다. 하지만 그놈이 우리 선수를 해치도록 가만둘 수는 없었다. 나는 1루가 비어 있는 상황에서 위협적인 타자를 상대할 때 쓰는 방법을 그대로 실행했다. 타자 손에서 배트를 빼앗는 것이다. 나는 엘리스에게 그를 고의 사구로 걸러 보내라고 신호했다.

로스코 턴불은 사람 죽일 기세로 나를 노려보았지만, 나는 내 유격수를 보호하고 우리 팀이 이길 수 있는 가능성을 최대한 확보해야 했다. 테드는 1루에 닿더니 타임아웃을 요청하고 자기 팀 벤치로 천천히 뛰어갔다. 로스코는 나를 보고 미소를 지었다. 그 미소를 보자 배 속에서 뱀 열 마리쯤이 똬리를 트는 듯 속이 울렁거렸다.

테드는 앉아서 신발을 바꿔 신었다. 나는 테드가 도로 내야에 나올 때까지도 왜 신발을 갈아 신었는지 이해하지 못했다. 테드의 신발 밑창이 어찌나 두꺼운지 옛날 디스코 댄서들이 신던 키 높이 신발과 비슷해 보였다. 신발 때문에 테드의 키가 15센티미터 정도 더 커졌다. 무엇보다 스파이크가 나무로 만들어졌다는 점이 최악이었다.

테드의 조상 타이 콥이 떠올랐다. 콥이 스파이크를 높이 쳐들고 2루로 슬라이딩하는 플레이가 얼마나 전설적이었는지. 나는 벤치에서 총알처럼 튀어 나갔다.

"타임! 타임아웃!"

내가 소리를 질렀다.

심판은 마스크를 들어올렸다.

"또 뭐요?"

심판이 물었다.

나는 밑창을 가리켰다.

"저건 규정 위반입니다."

"규정집에는 금속 밑창만 금지한다고 나와 있어요."

심판이 말했다.

"자, 경기 재개."

"만약 주자가 도루를 하면 공은 2루수가 잡아라."

나는 큰 소리로 우리 팀 야수들에게 명령했다.

"안 돼요."

제리가 맞받아 소리치며 타석을 가리켰다.

"왼손 타자예요."

왼손잡이가 올라오면 유격수가 공을 잡는다. 이건 야구의 역사만큼이나 오래된 전통이었다. 아무리 위험해도 그 불문율을 뒤엎을 수는 없었다. 불문율이 가장 강할 때가 있는 법이다.

심장이 목구멍 밖으로 튀어나올 듯 두근댔지만 나는 벤치에 앉았다. 관중은 끝없이 소리치고 있었다.

"말뚝을 박아라! 말뚝! 말뚝!"

데이나가 옆에 앉아 내 손을 잡았다. 그녀는 비난과 동정이 섞인 묘한 눈길로 나를 쳐다보았다.

"다음 타자가 금방 아웃될 거야. 2루에서는 아마 아무 일도 안 일어날 거고."

데이나가 말했다.

"그래, 아마."

데이나는 남성 호르몬이 어쩌고 하는 말이나 내가 여러 확률을 재며 너무 집착하고 있다는 말 따위는 한마디도 하지 않았다. 엘리스가 점점 약해지는데 우리에겐 구원 투수가 없다는 말도. 지금 빨리 승리를 붙잡아 놓지 않으면 이길 가능성이 슬금슬금 빠져나갈 거라는 말도. 하지만 데이나가 하고 싶은 말을 다 알 수 있었다.

"우리 아들이 저기 서 있더라도 난 이렇게 할 거야."

나는 데이나를 향해 중얼거렸다. 게다가 그 말이 진심이라고 믿었다.

엘리스가 다음 공을 던질 때 상대는 이중 도루를 하려고 시도했다. 이런 경우 3루에 있던 주자는 포수가 2루로 공을 던질 때까지 기다렸다가 홈으로 파고든다. 그 상황에서 대단히 뛰어난 전략은 아니었지만, 턴불한테 더 비열한 의도가 있는 것 같다는 느낌이 들었다.

비프는 도루하는 주자를 잡을 수 있도록 2루에 있는 제리에게 총알처럼 완벽한 공을 던져 주었다. 그다음 플레이는 슬로모션으로 펼쳐지는 것 같았다. 테드는 이미 몸을 뒤로 젖히고 공중을 날아 슬라이딩에 들어갔다.

'제발 물러나, 제리.'

마음속으로 기도가 나왔다. 3루 주자는 홈까지 절반쯤 왔다. 제리가 테드를 태그해 아웃시키지 못하면 동점이고, 기세는 클로 해머스 쪽으로 넘어갈 것이다. 하지만 상관없었다. 상대팀에 세이프를 내주는 대신 제리의 안전(safe)을 지킬 수 있다면, 기꺼이 그럴 수 있었다.

그러나 제리는 물러나지 않았다. 본능적으로는 박쥐로 변신해 위험을 피해 날아가고 싶었을 것이다. 또는 자신을 향해 날아오는 테드에게 최면을 걸어 마비시켜 버리거나. 하지만 그랬다가는 우리가 반칙패로 우승을 빼앗긴다는 점을 잊지 않았을 것이다. 아니면 나처럼 고집이 셌을 뿐인지도 모른다.

제리는 이를 꽉 물었다. 플레이에 집중하자 두 개의 날카로운 송곳니가 입술 위로 삐져나왔다. 테드는 나무 스파이크를 높이 치켜든 채 2루로 미끄러져 들어왔다. 제리는 먼지 구름 속으로 몸을 웅크렸다. 태그를 하자마자 스파이크가 제리의 가슴을 꿰뚫었다.

2루심은 반사적으로 어깨 위로 엄지를 치켜 올리며 세 번째 아웃을 선언했다. 하지만 내 흐릿한 눈에는 흙 속에서 몸부림치는 제리와 그 주위에 허둥지둥 모여드는 우리 팀 아이들밖에 보이지 않았다. 나는 나의 뱀파이어 유격수에게 달려가 옆에 무릎을 꿇었다. 그 순간 그의 몸에서 연기가 피어오르기 시작했다.

제리는 나를 쳐다보았다. 눈동자에 타오르던 불길이 고통 속에 꺼져 갔다. 군중은 조용해졌다. 막

상 자기들 소원대로 이루어지자 공포에 질려 입을 다문 것이다. 우리 레드 삭스는 엄숙하게 모자를 벗었다. 나는 그렇게 쓸쓸한 승리의 자축은 본 적이 없었다. 입술 근처가 녹아 사라지는데도 제리는 나를 바라보며 미소 지었다.

"감독님, 우리가 이겼어요."

제리가 속삭였다. '우리'라는 말이 말뚝처럼 내 심장에 박혔다. 다음 순간 제리는 흙으로 변해, 영원히 내야에 남았다.

데이나는 부끄러워하지 않고 울면서 투수 마운드로 올라갔다. 데이나는 군중을 노려보다가 심판을 노려보고, 턴불 팀 더그아웃을 노려보았다. 그날 소여 경기장에 온 사람 하나하나와 다 눈을 맞추고 있었다.

"자기 모습을 봐요."

데이나가 말했다. 가슴 깊이 멍울이 맺힌 목소리였지만 그 말은 강했다.

"제대로, 오래오래 들여다보라고요."

모두 데이나의 말대로 했다. 그물망에 걸린 핫도그 포장지가 바람에 펄럭이는 소리마저 들렸다.

"그 애가 원한 건 야구뿐이었어요.
당신들처럼 야구를 하는 것뿐이었다고요."

그래, 그건 모두에게 하는 말이었다. 그러나 데이나가 러틀마이어 부인으로 산 세월이 이십이 년이었다. 우리 둘 다 그게 누구에게 하는 말인지 알고 있었다.

"그냥 당신들처럼."

데이나가 속삭였다. 입 밖으로 간신히 나온 말이었지만 그 말은 내야를 채우고, 하늘을 채우고, 나쁜 것을 덮어 두려는 마음 한구석을 건드렸다. 데이나는 머리를 숙이고 마운드에서 걸어 내려왔다. 시합에서 방금 결승타를 맞아 버린 투수처럼.

어찌나 많은 사람들이 울었는지 더 이상 경기를 할 수 없었다. 사람들은 자기가 가진 편견의 쓰디쓴 맛을 보았다. 인간이라는 동물이 얼마나 악랄해질 수 있는지를 보았다. 뱀파이어들도 어린아이를 죽이지는 않았다. 그 어린아이가 수십 년 나이를 먹었다고 해도.

추도식은 없었다. 나는 추도 연설을 썼지만 아무에게도 읽힐 수 없었다. 데이나에게조차도. 턴불을 고소하자는 이야기도 나왔지만, 그렇게 할 배짱을 가진 사람은 아무도 없었다. 그날 일어난 일은 오랜 시간이 지나도 잊히지 않았다.

하지만 그때의 승리는 소여시의 사자(死者)들을 위한 자유의 종소리가 되어 오랫동안 은은히 울려 퍼지고 있다. 뱀파이어들은 우리 도시에 들어왔다. 상공회의소에서 환영받고, 심지어 시장으로 뽑힌 사람도 있다. 이번 시즌 로스코 턴불은 자기 팀에 뱀파이어 선수 세 명을 넣었다.

그날 이후 나는 다시는 경기장에 발을 들여놓지 않았지만, 소여시 우승컵은 여전히 우리 집 벽난로 선반 위에 놓여 있다. 가끔 그 트로피를 볼 때면 그 잔에 피가 가득 차 있는 모습이 떠오르곤 한다. 승리를 거두려면 제물을 바쳐야 한다는 말이 있다. 그러나 그것은 미신일 뿐이다.

하지만 미신에는 진실의 핵심이 담겨 있고, 어떤 미신은 다 큰 어른도 덜덜 떨게 만든다.

Glory

옮긴이의 말

송경아

야구의 불문율보다,

우승보다 더 중요한 것은

무엇일까요?

작가의 말

스콧 니컬슨

제가 청소년 야구팀 코치를 하던 시절, 꿈속에 이 이야기가 찾아왔습니다.

글을 쓰며 제가 즐거웠던 만큼 여러분도 즐겁게 읽어 주셨으면 좋겠습니다.

저는 미국 노스캐롤라이나 산속에 살고 있고, 음악과 식물과 수영을 좋아합니다.

저에 대해 더 알고 싶으면 홈페이지에 와 주세요.

www.AuthorScottNicholson.com

소설의
첫만남 12

뱀파이어 유격수

초판 1쇄 발행 | 2018년 7월 27일
초판 9쇄 발행 | 2023년 5월 18일

지은이 | 스콧 니컬슨
옮긴이 | 송경아
그린이 | 노보듀스
펴낸이 | 강일우
책임편집 | 김영선
펴낸곳 | (주)창비
등록 | 1986년 8월 5일 제85호
주소 | 10881 경기도 파주시 회동길 184
전화 | 031-955-3333
팩시밀리 | 영업 031-955-3399 편집 031-955-3400
홈페이지 | www.changbi.com
전자우편 | ya@changbi.com

ISBN 978-89-364-5878-2 44840
ISBN 978-89-364-5968-0 (세트)